¿Dónde está Max?

Escrito por Mary E. Pearson
Ilustrado por Samantha L. Walker

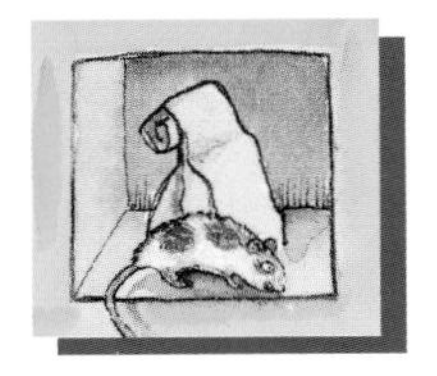

Children's Press®
Una división de Grolier Publishing
Nueva York Londres Hong Kong Sydney
Danbury, Connecticut

Para Duke, Dashley, Flower, Buddy y Sweetpea,
¡y las búsquedas locas que me han causado!
—M.E.P.

Para Jonathan
—S.L.W.

Especialistas de la lectura
Linda Cornwell
Coordinadora de Calidad Educativa y Desarrollo Profesional
(Asociación de Profesores del Estado de Indiana)

Katharine A. Kane
Especialista de la educación
(Jubilada de la Oficina de Educación del Condado de San Diego,
California y de la Universidad Estatal de San Diego)

Traductora
Jacqueline M. Córdova, Ph.D.
Universidad Estatal de California, Fullerton

Visite a Children's Press® en el Internet a:
http.//publishing.grolier.com

Información de Publicación de la Biblioteca del Congreso de los EE.UU.
Pearson, Mary (Mary E.)
¿Dónde está Max? / escrito por Mary E. Pearson; ilustrado por Samantha L. Wal
p. cm. — (Rookie español)
Resumen: Cuando el gerbo de la clase escapa de su jaula, los niños lo buscan
dondequiera y encuentran la manera de hacerlo volver.
ISBN 0-516-22023-3 (lib. bdg.) 0-516-27011-7 (pbk.)
[1. Gerbos—ficción. 2. Escuelas—ficción. 3. Libros en español.] I. Walker,
Samantha, il. II. Título. III. Serie.
PZ73.P43 2000
[E]—dc21 00-0241
CIP

Impreso en los Estados Unidos de América.
1 2 3 4 5 6 7 8 9 10 R 09 08 07 06 05 04 03 02 01 00

¡Socorro! ¿Dónde está Max?

Lo buscamos adentro.
Lo buscamos afuera.

Lo buscamos para arriba.
Lo buscamos para abajo.

¿Dónde está Max?

Lo buscamos lejos.
Lo buscamos cerca.

Lo buscamos en lugares altos.
Lo buscamos en lugares bajos.

—¡Max! ¡Max!
—llamamos en voz alta.
—¡Max! ¡Max!
—llamamos en voz baja.

¿Dónde está Max?

¡Ajá! El plato de Max está vacío.

Pero ahora está lleno.

Max estaba perdido,
¡pero ahora lo encontramos!

Lista de palabras (32 palabras)

abajo
adentro
afuera
alta
altos
ahora
ajá
arriba
baja
bajos
buscamos
cerca
de
dónde
el
en
encontramos
está
estaba
lejos
lo
lugares
llamamos
lleno
Max
para
pero
perdido
plato
socorro
vacío
voz

Sobre la autora

Mary Pearson es autora, maestra, madre, esposa, persona "encargada de todo" y claro, aficionada a los animales. Ella vive en San Diego, California. En su vida ha conocido a algunos "Maxes" caprichosos, pero siempre ha tenido la suerte de ser más astuta que ellos y de encontrarlos—¡hasta el momento!

Sobre la ilustradora

Desde que Samantha Walker era niña, siempre llevaba en su mano algo que pudiera utilizar para dibujar, ya fuera cuando corría por el pasillo dibujando en la pared con un creyón anaranjado o cuando garabateaba en las aceras con corteza curtiente. Ahora emplea otros medios, tales como las acuarelas y la tinta, los cuales utilizó para los dibujos de este libro. Samantha ha hecho ilustraciones para varias revistas de niños, y este es su primer libro. Samantha vive en Colorado Springs, Colorado, con su esposo, Jonathan y su gato juguetón, Tommy. A veces a Tommy le gusta jugar a las escondidas, exactamente como lo hace Max.